HOMMAGE

RENDU A LA MÉMOIRE DES GÉNÉRAUX

KLÉBER ET DESAIX,

PAR UN GARDE NATIONAL.

Prix : 1 franc.

STRASBOURG,
A L'IMPRIMERIE DE Mme Ve SILBERMANN,
PLACE SAINT-THOMAS, N° 3,
ET CHEZ TOUS LES LIBRAIRES DE LA VILLE.
1830.

HOMMAGE RENDU

A LA MÉMOIRE DES GÉNÉRAUX

Kléber et Desaix.

IMPRIMERIE DE Mme Ve SILBERMANN,
PLACE SAINT-THOMAS, n° 3.

HOMMAGE RENDU

A LA MÉMOIRE DES GÉNÉRAUX

KLÉBER ET DESAIX,

Le 10 octobre 1830,

PAR LA GARNISON ET PAR LA GARDE NATIONALE

DE STRASBOURG,

INTERMÈDE

Mêlé de vers, de chant et d'évolutions militaires ;

PAR UN GARDE NATIONAL.

Musique de M. Demonchy,

CHEF D'ORCHESTRE DU THÉATRE DE STRASBOURG.

~~~~~~~~~~

PRIX: 1 FRANC.

STRASBOURG,

A L'IMPRIMERIE DE Mme Ve SILBERMANN,

PLACE SAINT-THOMAS, N° 3,

ET CHEZ TOUS LES LIBRAIRES DE LA VILLE.

1830.
~~~~~~~~~~

HOMMAGE RENDU

A LA MÉMOIRE DES GÉNÉRAUX

KLÉBER ET DESAIX.

———————✦———————

(La scène se passe dans l'île du Rhin, auprès du monument de Desaix, que l'on aperçoit à la droite du spectateur. La toile du fond, que l'on éloigne autant que possible, et devant laquelle on a placé quelques arbres peu feuillés, représente la vue du Rhin, la ville de Kehl, et, dans le lointain, les montagnes Noires. — L'orchestre exécute une ouverture nouvelle; ensuite la toile se lève. — Un nombre considérable d'habitans de Strasbourg, et plusieurs officiers et soldats de la ligne et de la garde nationale sont réunis auprès du monument de Desaix et occupés à tresser des guirlandes et des couronnes de lauriers auxquelles ils entrelacent des cyprès.)

CHŒUR.

Aux lauriers destinés aux fêtes,
Aux souvenirs de nos conquêtes,
Mêlons des cyprès et des fleurs.
Desaix mourut aux champs de gloire
En assurant la victoire
A ses vaillans vengeurs.

Son nom, recueilli par l'histoire,
Est à l'abri du pouvoir des tombeaux :
Il comptera toujours au nombre des héros !

(On entend dans l'éloignement treize coups de canon.)

UN OFFICIER DE LA LIGNE.

Amis, le signal est donné..... l'airain gronde, et l'écho des montagnes Noires répète le salut des braves à celui des Vosges. Nos frères d'armes viennent de rendre hommage à la mémoire de Kléber, de cet illustre et grand citoyen que l'Alsace s'honore d'avoir vu naître. Ils quittent en ce moment le Polygone, et dans peu d'instans ils seront ici, sur cette île du Rhin, témoin de tant de gloire, pour honorer aussi la tombe d'un brave, d'un héros qui combattit sous vos murs, et dont les nobles efforts ont éloigné plus d'une fois les dangers de votre cité. Le patriotisme des Français, en conquérant un gouvernement digne d'une grande nation, nous permet enfin d'honorer toutes les gloires qui ont illustré la France.

Honneur à Kléber et à Desaix ! Ils vivront dans la postérité !

TOUS LES ASSISTANS RÉPÈTENT :

Honneur à Kléber et à Desaix !

UN OFFICIER DE LA GARDE NATIONALE.

La ville de Strasbourg, l'antique *Argentina*, se glorifie

d'avoir donné la naissance à Kléber. Il y reçut le jour le 6 mars 1753. A peine âgé de vingt-trois ans, il entra au service d'Autriche, où il obtint le grade de sous-lieutenant; mais ayant bientôt reconnu que sa naissance plébéienne s'opposait à son avancement, il rentra dans sa patrie. Employé à Béfort comme inspecteur des bâtimens publics, il s'y trouvait au commencement de la révolution, et son courage y sauva la vie aux magistrats de la ville, que la révolte du régiment de Royal-Louis avait mise en danger.

Enrôlé *comme simple grenadier*, en 1791, dans un des bataillons de volontaires du Haut-Rhin, il fut fait adjudant-major dès son arrivée à Brisach. Mayence vit ses premiers combats et sa première gloire; il y fut fait adjudant-général, et s'illustra à *Bieberich* et à *Marienborn.*

La Vendée fut aussi témoin de son brillant courage. Il ne vit dans ceux qu'il combattait que des frères dissidens, et son humanité fut à la hauteur de sa vaillance : vainqueur à *Savenai*, il sauva la vie à quatre mille prisonniers voués à la mort.

Appelé à l'armée de Sambre-et-Meuse comme général de division, il ramena la victoire sous nos drapeaux, et on lui décerna le commandement en chef de cette armée. C'est là qu'après avoir vaincu à plusieurs reprises l'armée commandée par le prince de Kaunitz, qui avait été son colonel alors qu'il servait dans les troupes autrichiennes, *il le pria d'excuser ce qu'il faisait pour honorer les leçons de son premier maître.*

Kray, Wartensleben, l'archiduc Charles lui-même, ne furent pas plus heureux que Kaunitz. Kléber semblait invincible; mais le directoire, gouvernement faible et ombrageux, fut plus puissant que les meilleurs généraux de l'Europe coalisés contre Kléber : à force de dégoûts et d'outrages, il contraignait l'illustre général à s'éloigner de l'armée et à vivre dans la retraite.

Les grands hommes s'estiment entre eux, s'ils ne s'aiment pas toujours. Le vainqueur de l'Italie, que la fortune fit passer ensuite sur le plus brillant trône de l'Europe pour le conduire à la mort sur un rocher désert de l'Atlantique, Bonaparte, partant pour l'immortelle expédition d'Égypte, désigna Kléber pour l'un de ses lieutenans.

Dès son arrivée sur cette terre de gloire, Desaix l'arrosa de son sang. Bientôt *El-Arisch*, *Saint-Jean-d'Acre* et le *Tabor* virent ses exploits, dignes des temps les plus héroïques. Ce n'étaient cependant que les préludes de la bataille d'*Héliopolis!* C'est là, dans la plaine de *Goubbeh*, que Kléber, commandant en chef une armée de dix-huit mille Français, détruisit une armée turque de quatre-vingt mille combattans! Trois mois après, le 14 juin 1800, le héros alsacien tomba, à l'âge de quarante-sept ans, sous le poignard du fanatisme musulman, le même jour, et pour ainsi dire à la même

heure où Desaix périssait si glorieusement sur le champ
de bataille de Marengo.

Tel fut Kléber... Espérons qu'enfin les citoyens de
Strasbourg réaliseront bientôt le vœu qu'ils forment de-
puis si long-temps de contempler sur l'une de leurs places
publiques les traits de ce héros, dont le génie, le courage et la noble stature réalisaient ce que la fable nous
dit des demi-dieux de la Grèce. Que l'on grave alors
sur le marbre du piédestal ces mots :

A Kléber, la Patrie reconnaissante !

et au-dessous :

« Noble fils de l'Alsace, obscur par ta naissance,
« Tu dois ta renommée à ta seule vaillance.
« Héros digne d'Homère et de l'antiquité,
« Ton nom sera fameux dans la postérité ! »

UN OFFICIER D'ARTILLERIE DE LA LIGNE.

Kléber n'est pas le seul héros qu'ait enfanté l'Alsace.
Étranger, par ma naissance, à cette noble contrée, il m'est
permis de célébrer sa gloire. Bien jeune encore j'ai en-
tendu le récit des exploits de ses guerriers ; j'ai profité
des immenses travaux de ses savans : je puis donc chan-
ter l'*Alsace illustre.*

Alsaciens, en rappelant vos titres à la gloire, ne pensez
pas que je veuille faire naître en vous une ridicule et
puérile vanité ; j'ai un but plus noble, plus élevé : celui

de vous fortifier dans la volonté où vous êtes (ainsi que le prouve votre ardeur en ces temps glorieux) de rester constamment dignes de vous-mêmes et de vos pères. Écoutez donc :

L'ALSACE ILLUSTRE.

L'Alsace enfanta des héros :
Elle fut toujours riche en gloire ;
Dans les arts, les nobles travaux,
Elle obtint souvent la victoire.
Remplis d'une noble fierté,
Ses fils, dévoués à la patrie,
A la gloire, à la liberté,
Ont toujours consacré leur vie.

On vante parmi ses guerriers
KLÉBER, leur modèle et leur maître ;
Et SCHRAMM couvrant de ses lauriers
La chaumière qui l'a vu naître [1] ;

---

[1] Le lieutenant-général SCHRAMM, né à Beinheim (Bas-Rhin), quitta dès sa tendre jeunesse le toit paternel, pour prendre les armes et défendre la cause nationale. C'est sur les champs de bataille de l'Allemagne, de l'Italie, de l'Égypte, de l'Espagne, qu'il a conquis tous ses grades, et qu'il a ennobli son nom et sa race. Couvert de lauriers et d'innombrables blessures, il revint terminer sa carrière aux lieux de sa naissance. En 1815, le danger de la patrie avait ranimé ses forces épuisées, et il vint s'enfermer dans Strasbourg, pour y commander la garde nationale. Son souvenir sera toujours cher aux Alsaciens.

RAPP, BERCKHEIM, renommés comme eux ;
Et tant d'autres fils de l'Alsace,
Dont les souvenirs glorieux
Témoignent de leur noble audace.

On citera dans tous les temps
Ses interprètes de l'histoire ;
Ses artistes et ses savans
Assurent à jamais sa gloire.
Les noms de PFEFFEL [1], de SCHŒPFLIN [2]
Sont chers à l'Europe savante ;
Ceux de PLEYEL [3] et d'OBERLIN [4]
Brillent d'une gloire éclatante [5].

Aujourd'hui, comme aux temps anciens,
Par leur science et leur courage,
On voit les nobles Alsaciens
Dignes d'un si bel héritage.

---

[1] Le MILTON alsacien, aveugle comme le poète anglais.

[2] Célèbre historien.

[3] Compositeur de musique, auteur du *Tocsin du 10 août*, et d'un grand nombre d'admirables sonates.

[4] Archéologue profond... et son frère, le digne pasteur du Ban-de-la-Roche !

[5] On conçoit que, retenu par la difficulté de la rime et par les bornes étroites d'un couplet, l'auteur n'a pu choisir que quelques noms offrant en quelque sorte des représentans pour les sciences, la littérature et les arts. C'est avec regret qu'il a dû taire les noms des OBRECHT, des GRANDIDIER, des BRUNCK, des ARBOGAST, des LAMBERT, des KOCH, des SPIELMANN, des ARNOLD, des BLESSIG, des SCHWEIGHÆUSER et de tant d'autres qui ont illustré l'Alsace.

Leur amour pour la liberté,
Pour l'ordre et les vertus civiques,
Consacre leur célébrité
Parmi les peuples héroïques.

(On entend dans l'éloignement une marche accélérée et ensuite une musique militaire, dont les sons se rapprochent successivement. — On termine alors les travaux. On suspend les guirlandes et les couronnes au monument, et l'on y place les attaches destinées à recevoir les quatre drapeaux qui doivent le décorer. — Alors le cortége arrive (non par le fond, mais par les première et deuxième coulisses de droite). Il est précédé des tambours et de la musique, et composé d'autorités civiles, d'un état-major, de détachemens de la garde nationale et de la garnison, avec pièces d'artillerie. — Le cortége défile devant les spectateurs, fait le tour du théâtre, et se place en colonne serrée autour du monument. — Deux sous-officiers de la garde nationale et deux de l'armée, portant chacun un drapeau tricolore, sortent des rangs, et viennent se placer auprès du monument. — Les tambours battent un ban, et le silence le plus profond s'établit.)

UN MAGISTRAT.

Illustre citoyen, ô toi dont la mémoire
Est si chère aux Français, fier amant de la gloire!.
O Desaix! tes travaux, ta magnanimité
Portent ton nom fameux à l'immortalité!
Les décombres de Kehl, les champs de la Bavière,
Les rivages du Nil, les murailles du Caire,
Le fatal Marengo, remplis de tes exploits,
Occuperont long-temps la déesse aux cent voix.
Véritable guerrier, tu joignis au courage
Le sang-froid, le génie et les vertus d'un sage.

9

Valeureux et clément, ainsi que *l'Africain* ',
Tu fus encor plus grand que le vaillant *Thébain* ;
Car Épaminondas, après une victoire,
Mourant au champ d'honneur, osa vanter sa gloire,
Et toi, modeste, hélas ! avec humilité,
Tu crains de ne pas vivre en la postérité ' !
Que cette crainte est noble à ton heure dernière,
Et comme elle peint bien ton existence entière !...
O mânes d'un héros ! mânes, rassurez-vous !
Recevez nos regrets, veillez toujours sur nous !
Inspirez nos guerriers, leur cœur vous offre un temple ;
Servez-leur de soutien et de guide et d'exemple !
Que les nobles drapeaux de *Valmy*, de *Fleurus*
Vous fassent tressaillir... Dieu nous les a rendus !
Ils brilleront encore aux champs de la victoire !!
Les Français resteront les enfans de la gloire...
Acceptez leur hommage : il est digne de vous ;
Car pour l'indépendance ils sauraient mourir tous !

TOUS LES ASSISTANS RÉPÈTENT :

Oui, tous !

(Les tambours battent un ban ; ensuite ils drapent leurs caisses.)

' Scipion dit l'Africain.
' Dernières paroles de Desaix.

UN OFFICIER SUPÉRIEUR.

(Il s'avance près du monument, et il chante lentement et religieuse-
ment un couplet qui est mis en action.)

Air: De la Parisienne.

Pour Desaix que la France honore,
Roulez le funèbre signal...

(Il fait un signe, et les tambours battent *piano* un roulement funèbre
qui se continue pendant tout le couplet.)

De la bannière tricolore
Ornez le tombeau triomphal...

(On attache les quatre drapeaux au monument.)

Desaix mourut pour la patrie!
Qui ne perdrait ainsi la vie..?
Honneur à son nom; découvrons nos fronts...
Soldats, à genoux...

(La troupe met le genou en terre, et porte la main au schakos; les citoyens et les officiers se découvrent.)

Desaix que nous pleurons,
Mourut pour la patrie! mourut pour la patrie!

(On reprend en chœur):

Honneur à son nom; découvrons nos fronts...
Soldats, à genoux... Desaix que nous pleurons,
Mourut pour la patrie! mourut pour la patrie!

(On tire treize coups de canon. Les tambours qui ont enlevé la drape-
rie de leurs caisses, battent aux champs. Les drapeaux des bataillons
s'inclinent. Les officiers se mettent à la tête de la troupe, et font pré-
senter les armes au monument de Desaix, devant lequel ils font défi-
ler. — Après ces évolutions, et la troupe étant rangée au port d'armes,
l'état-major, les autorités et les officiers se placent sur le devant de
la scène.)

CHŒUR.

Desaix mourut couvert de gloire.
Il fut grand... Ne le pleurons pas!
Il vit au temple de mémoire;
Envions un si beau trépas.

TRIO.

Mourir pour la patrie,
Pour la gloire ou la liberté!
Ah ! c'est un sort digne d'envie :
Il donne l'immortalité!

CHŒUR.

Desaix mourut couvert de gloire.
Il fut grand... Ne le pleurons pas!
Il vit au temple de mémoire;
Envions un si beau trépas.

UN OFFICIER SUPÉRIEUR DE L'ARMÉE.

Oui, envions un si beau trépas.... La paix enchaîne
notre courage; mais si jamais le Roi et la Patrie nous
appellent aux armes.... si jamais l'étranger.... Alors,

Desaix ! nous serons dignes de toi, et comme toi nous saurons mourir pour l'honneur et pour le repos de la France.... Nous le jurons !

TOUS LES ASSISTANS RÉPÈTENT :

Nous le jurons !

LE MÊME OFFICIER.

Air : De la Marseillaise.

PREMIER COUPLET.

Sur le sol sacré de la France
Si l'étranger porte ses pas,
Il paira cher son imprudence :
Tous nos citoyens sont soldats. (*bis*)
Nous ne voulons d'autre conquête
Que le prince de notre choix ;
Mais que l'on respecte nos droits,
Ou bien notre vengeance est prête !

Alors on entendrait notre cri de guerre :

Aux armes, citoyens ! cédez à votre ardeur,
Marchez (*bis*), la liberté vous guide au champ d'honneur.

REFRAIN.

Aux armes, citoyens ! cédons à notre ardeur,
Marchons (*bis*), la liberté nous guide au champ d'honneur.

DEUXIÈME COUPLET.

Eh! qui pourrait donc nous contraindre?
Qui prétendrait nous ébranler?
Unis, nous n'avons rien à craindre :
C'est à l'ennemi de trembler! (*bis*)
Présentons nos fronts à l'orage,
Et sur nous s'il doit éclater,
On verra que pour l'affronter
Il suffit de notre courage.
Aux armes, citoyens! cédez à votre ardeur :
Marchez (*bis*) la liberté vous guide au champ d'honneur.

REFRAIN.

Aux armes, citoyens! cédons à notre ardeur :
Marchons (*bis*), la liberté nous guide au champ d'honneur.

TROISIÈME COUPLET.

UN OFFICIER DE LA GARDE NATIONALE.

L'armée et la garde nationale sont unies à jamais pour la gloire et pour le repos de la France.... Elles n'ont qu'un seul esprit; elles ne forment qu'un seul et même corps... Louis-Philippe et Lafayette l'ont juré, et le serment des braves est sacré.... Oui, nobles camarades, notre alliance est indissoluble.... entre vous et nous, c'est à la vie et à la mort!

Combattre pour l'indépendance,
Pour la patrie et pour la paix,

C'est le but de notre alliance ,
C'est le devoir de tout Français. (*bis*)
Nous serons dignes de nos pères :
Oui , nous saurons vaincre ou périr..! ,
Si pour l'honneur il faut mourir,
Nous serons vengés par nos frères...
Aux armes , citoyens! cédez à votre ardeur :
Marchez (*bis*), la liberté vous guide au champ d'honneur.

REFRAIN.

Aux armes , citoyens! cédons à notre ardeur :
Marchons (*bis*), la liberté nous guide au champ d'honneur.

QUATRIÈME COUPLET.

LE MÊME OFFICIER DE LA GARDE NATIONALE.

Nous , surtout, enfans de l'Alsace ,
Nous qui voulons rester Français !
Signalons notre noble audace :
Notre cause veut de hauts faits. (*bis*)
Si l'étranger , dans son délire ,
Rêvait pour nous d'autres sermens...
S'il pensait nous rendre Allemands!!!
Plutôt la mort que d'y souscrire !

Alors, comme les nobles Parisiens, nous aurions aussi
notre cri de victoire, et ce serait :

Aux armes , Alsaciens! cédez à votre ardeur :
Marchez (*bis*), la liberté vous guide au champ d'honneur.

Aux armes, Alsaciens! cédons à notre ardeur :
Marchons (*bis*), la liberté nous guide au champ d'honneur.

(Une musique militaire et brillante se fait entendre. La troupe se met
en mouvement. Elle défile en saluant le public avec les drapeaux.
Tableau militaire très-animé. La toile tombe, et l'on entend encore
les sons de la musique et le bruit des tambours.)

STRASBOURG, IMPRIMERIE DE Mme Ve SILBERMANN.